생각

장윤식 시집

생각

장윤식 시집

예술의숲

◈ 차 례 ◈

1부. 나는 간다네

2부. 삶의 축가

3부. 오후 비는 내리고

4부. 사랑 향기

5부. 저녁의 위안

1부.
나는 간다네

밥, 통곡, 생각을 발표하고

비 오는 날이나 눈이 내리거나
널리 경치를 기대하고
난 다해봤다
밥 짓는 젊은 가난을 부르짖었고
'통곡이다'에는 사회마다 추파를 놓았었으며
생각하는 가래나무 곁에서
고향이 늙어가는 적개심으로 썼다

누나도 동생도 없는 이 허황되고 나쁜 시대에
아버지, 사랑했던 엄마도 떠난 지금은
이 궁핍한 시인의 때 그른 소맷부리엔
먼지 그리고 조소가 섞여 있으리라

다음에 발표되는 신간 서에는
나는 분노한다 세상을

가을 길

그녀 곁에서 편지를 쓴다
리듬에 따라 사랑에 몸 맡기고
그녀에게 시를 쓴다

한번뿐인 것을
단 한번 사랑인데
그녀 이마 귀 코볼을
감각 속에 그녀의 몸을 휘감었지

우리 가을에 만나
벼이삭 찔리며 풀벌레 울고
먼 여행자의 기분으로
누른 가을의 무뢰한 들판을 거닐며

그대에게 편지를 쓴다
익어가는 녹색의 반란 속으로
팔을 맡기며 어깨 맞춰
가을 길 걸어갔다네

기회

우리는 떠난다
많은 기회를 짊은 세계로부터 떨어지며
다른 이별을 상상하고 이를 실천한다
어느 이른 봄 새싹은
우리를 한편 무한의 리듬으로 이끌어 주고
나른한 근심으로 비기어 가며
그 선택과 집중으로 하룻날은 용감한 시련으로
특별하게 요구한다

그대는 시험받는 삶을 가지고
평생 방관의 낭만을 이해하려 노력하고
자지러질 듯한 숭배의 대상을 혐오로 가두고
눈을 감는구나
오, 감옥의 이치여

태양은 기회를 주며
휴식의 증거자 달은 태양을 박탈한다
잠잠한 대양은 무뎌지며
어느새 촛불 든 구신은 문 열고 들어 온다
거만하게 웃으며

나는 간다네

늙은이, 나는 갔다네
이슬 채 이러 밟으러
나는 간다네
늙은 술 타고 한숨 찐 세상으로

미약에 취해
어렴풋이 전해 주는 옛 말씀처럼
젊은이, 젊은이
나는 갔다네

몽환 약처럼 질긴 늙은이와
나는 갔다네
수풀 사이 낀 마음 들으러
눈 감은 줄에 젖어

내 마음

캄캄한 어둠은
종일 내려
긴 숨 마른 가슴
시린 가을밤
혼자 있는 듯

별 낯선 정거장
머물고 떠날 때
달은 산비탈에 있고
구름 속에 나온 숲들은
그대를 깨우지

솔가지 숲 잠자는 자리
내 마음 몰라
밤 노래 보내주는
뛰어난 기품의 우수여

묘사

그대는 바란다
자줏빛 하늘을
붉은 옷감색 하늘을
늘늘히 마침표 찍은 희망아

흩날리는 머리여
저울질하던 생명이여
그 속에다 까맣게 자란
포도밭 주인은 목을 딴다
심줄을 튼다, 무서운 가위질을

흐느끼는 세상은
백합보다 진한 향기를 받는다
파리한 입술이 얼굴을 관상하듯이
하늘은 묘사를 꾸며 놓는다

미운 맛

날마다 식탁에 오르는
미칠 것만 같아
짧은 밑도 의심의 눈초리
아주 분주히 얼굴 돌리는
그대는 아는가, 이 지겨운 환상을

아침 그 저녁 엎드린
꿈꾸는 식물처럼
어떤 바지 입은 다리 길이 가리는
여인들의 계곡 숲에서
떫고 맵고 단물의 미운 맛

네 껍질에 오는 해일 같은
빼곡한 가시덤불처럼 믿고 그리우며
그대는 상냥한 미운 계집이여

삼성면 냇거름 박진순 공에게

삼성면에 살고 있는
마을 이름이 냇거름에서
박진순공을 만났다
고향에서 시오릿 길이 채 되지 않고
옥토가 많아 땅부자라고 불리웠는데
그 사내가 박진순 공이고
젊은 시절 꽤나 알려진 거친 세계에서 자라고
성품 또한 괄괄하고 단순해 별명도 많지만
이제 그는 마을 집 안해와 딸자식이 있는 어엿한
평범한 사내라고 듣기 좋아하는 그런 사람이며
육갑자 후반 말미에 번번하고
평평한 삶을 동경하지 않는 이가 어디 있느냐고
되묻겠지마는
몸에 병인이 붙고 집안은 가난해져
자존감은 시골 광으로 모더 놓고 사는지
그런 인물이 있다

가난한 시인 하고는 친밀한 의형제 사이
굴곡이 벼랑턱처럼 가파른 삶을 살았고

싸움과 난장판의 거리를 누빈 그의 행동과 사고
를 두둔하거나
  미화시키는 일은 없지만
  지금 만나보았던 사안이나 외의 표현방식은 측
은하고
  주먹세계의 어리석은 감정과 상식을 알려주는
사람이었다
  뚱뚱하고 땅땅한 신체에 많은 일화들이
  그를 따르고 괴롭혔지만 병마에 왜소하고 초췌해
  성깔머리도 느끼어 지는 것은 늙은 탓 이다
  다음에 가면 해줄 말이 있을까
  사람의 판단은 어렵고 힘들다는 것을

발맞춰

느리고 빠르게
음악 속에 행동 속에
순간의 방황 편안한 침대는 싫어
삶은 어지럽고 불안하리

행운이여, 마을에 온 바람같이
강하게 부드럽게
구신에 맞춰 혼령에 맞춰
빼어난 사냥꾼의 발톱처럼

기대하지 마라, 신의 우상이여
그대는 큰 통나무 속에 겨울 잠자는 암곰처럼
시간 없이 꿈도 없이 깨는구나
겨울 눈 발맞춰

불질

네 고독은 불질
타오르는 아궁이 갈증을 보라
이성에서 고독까지
제 잘난 체하는 흙빛 얼굴로
자연의 심지를 질서를 파괴하라
오, 사랑하는 불길은 맛을 모르는구나
고쿠락에서 네 자유를 확인하는 원소여

고향 부지깽이 이국 부지깽이든 지
헤지고 거둬서 불을 질러라
끌어 나려 나라 백성 억압하는
정부 권력자 모가지를 분질러 트리자

돈이 없다면
가랑잎 긁어모아 그 분통으로
송진 등잔에 불을 댕기고
이 새끼 저 새끼 못살겠다
화신이여 불질 하자

소멸

탯줄도 없이 물도 없이
나날은 끔찍하게 지나가고
아쉬움도 미련도 눈물도
눈 깜짝임 속 세월만 눈깔로 지나가네

빛의 얼굴은 얼룩져
별 앞에서 노래처럼
나이는 먹어
농짝에 숨긴 바이올린은 녹슬고

시간은 순서까지 없구나
원인 없는 결과에 뜸 들이며
소진해버린 미래들이
없어진 방들을 쓸고 가리라

수집가

어김없이 해 뜰 무렵
늦어도 금천동 네거리 쇠내울가에
자전거 끌고 오는 아저씨
내일 이면 한가위 곡식 추수절이고
뜨믄뜨믄 백이는 푸른 나뭇잎 사이에
가을 아침 불어오는 향기가 어른거린다

넝마옷 입고 때로는 손수레 밀고
여름철 그 뜨거운 기운에서
애정을 눕게 만드는
거창한 국립박물관 연구와 취미로 활동하는
독자들은 시의 주인공 이란 말하고는 싶으리라
가난한 인간에게 인정 없는 나라여

그대의 해진 무릎팍 구멍에는 나라가 보여
일흔이 넘은 갓갓한 길
물어보고 싶다
당신네 나라를 존중하겠느냐고, 수집가여

숲

고요로운 숲 그대는 조용하고
아름다운 여인처럼 빛난다
반짝이는 별은 방랑자의 친구는 되고
어둠이나 안개 불확실한 나날
그리고 긴 운명들이
그대를 슬프게 하지 않기를 바랄 뿐

바다에서 온 폭풍을 잠자게 하고
불운한 인간의 귀와 코를 명랑으로 끄는
넓은 어깨와 영토를 가지며
누구보다 아름다운 심장을 마련하고
스스로 거룩한 사물의 기둥처럼

저 안온의 평온만을 즐기는 일은 없구나
차가운 풍랑 아침의 눈으로
꿰뚫는 화살의 도전자
그대는 예언의 숲
시인을 가끔 해일처럼 들뜨게 하여 준다

여인의 몸매

머리 따 놓고 걸어가는 그녀
흰 살빛 두 팔 어깨
민소매는 맨살 드러나
위도 평행선 위험처럼
어두운 곳에서 더없이 빛난다
반구 너머 여인의 조각은 움직이네
엉덩이의 매력
우리들 시선은 끌리고

통치마 마법은
다리와 허리 느낌
단조로우며 쫄리는 흥미 더해

그대 두 가슴 허리 아래 미끈하고 빠진
느린 미각 만나는
두 다리는 감관의 선율 울려
쓸쓸해 네 몸매 쓸쓸해

여자는 멋스러워

검은 단발 펌 머릿결에
감청색깔 무늬 원피스 무릎이 뵈이는
가을처럼 걸어갔다 내, 그녀는

흰 목덜미 머플러 두른
은연중에 제 곡선 드러내며
나른하고 풍만한 육감적인 몸매여

계집애는 무릎 치마 트더진
희고 단단한 두 허벅지 사이
네 명랑하고 밝은 탄력 있어

스므여나므 살 먹은 계집은
텅 비워 매료를 갖고
서른 마흔 냉거지 여인은
솜솜이 나잇살 부려 볼 만한 게

멋스러운 여인이여
이처럼 각각 네 옷을 말하는
온갖 열정을 뽐내는 아름다움 있다

울타리

사람은 네 울타리를 쳐 두고
거기 신전으로 믿고 의지 한다
검은 숲이 주는 편견을 기다리듯

마른 가지에
생명을 넣는 네 재주와 흔적으로
세상을 배워 익혀서
가운데에 대문을 세우고
저마다 가정이라는 준칙과 규칙을 말해둔다

무기 들고 다니는 지독한 구두쇠처럼
아니면 비굴한 천사로
예수쟁이 후견인같이
네 행복의 심장을 갉아먹는

네 울타리 안마당에서 불만이 없는 사람이여
봄이 오지 않는 울타리를 찬미하고
스스로를 자랑하고 겸손을 쓴다
울타리 성전에

육거리 시장

청주 가면
여섯 갈래 거리 있고
가장 서민들이 찾는 시장 육거리
무심천 항구에 뱃길 만들어 놓은 듯
신선하며 다양한 음식과 떡
난전마다 할매 애환들이 붙어 다니는 곳

본전통 기차간 옛 길 휘돌면
재래 시장터 불빛 휑하니
좌판의 거리는 활기를 기다리며
멀리 손님 기다리는
과일 파는 여인의 눈섶에
이슬 주름이 잡혀

육거리 정문 윗골 기와집
철마다 갈아입은 듯
사람들이 가고 오는 길 너머
꼬불꼬불한 정취가 한가롭다

죽음

우리들은 죽어가리
낟알 없는 쭉정이로
가운데 수의 입은 우리 형제 이웃과 동료들
포대기에 다갈색 진주 고름 싸고

어디로 헤매는지 뚫은 빛깔 냄새 독한 사향 가루
온실에서 발견된 관심 없거나 불리한 삶을 살다 간
얼마 전 수원 집 세 모녀 이야기와
다름없는 우리들의 목골은 고약하고

그대는 죽는다, 최후의 신찬을 즐기며
나팔꽃 모양을 낸 행진 소리 지르며
금관악기의 조롱을 들으며
마지막 숨을 지배하는 인간이여

탄생일

해마다 옷깃 쳐 매고
네 생일의 나날
가을 갈대숲 잠들면
소풍 오는 때때옷 분홍치마

탄생일, 나의 생일
세상으로 문 박차고 나와
한마디, 그대는 꽃
스스로 아름다운 꽃

그대 즐거워지는 기쁨을 아는
물꽃의 맑은 혜안을 가질 줄 아는
젊은 자리에서 금광석보다 반짝이던
오늘도 빛나는 사람이다

2부.
삶의 축가

터진 주둥이로

함부로 시인을 재단하지 말고
네 말끝마다 기술자 윽박지르고
평론 기능인 이면 뭘 하나
저 시냇물 버러지 소리
네 두 귀 가운데에서 들르려고 않는 걸

터진 주둥이 이면 뭘 하지
지껄지껄 시인을 폄훼하고 넋두리 방석에
우둔한 독자들 끌어 모아놓고
이것은 형용이라 1등 가는 기준은 아니고
당선은 이러저러한 기교를 둬야지

단 한 편의 시를 마음대로 쓰지도 못하면서
네 한 편의 시를 쓰겠다고 하면
내 비록 초라한 시인이긴 해도
그 기백을 공손히 봐
장밋빛 의자와 창가를 마련하여 대접하리라

토성

가을 하늘 밤
별 촘촘히 빛나는 고장
흙살 올린 곡식 마당에는
흰 달이 오른다

고향에는
말마다 이어주는
창살 틈 시냇가 우에
숲이 마련한 벌레 소리를 듣는다

풀이 파랗게 떨은 자리
그 젊음 반짝이던 옛 길을 걸어
성루 밖으로 오는
토성의 비밀이 울린다

하품

달아난 겨울 오월의 향기는
독기로 풀판 짓누르고
가만히 눈 뜨는 초록비
초가지붕 사이 감나무 잎새 내리면
참았던 눈물 왈칵 쏟을 듯
나를 이반 하던 게으른 하품이 함께 뜬다

졸던 어린 시절
기다린 갑자년
시방 발굴한 큼지막한 보물 캐는 광부였군요
해는 떨어지고 발은 무거워
오리나무는 이제 푸른 언덕을 점령하는 생김새
를 닮고
살바람은 잠방이 등가죽과
내놓은 논둑 가래질 종아리가 스치을 때

그 오후의 젊음은 장미도 가시도 있었다
마찬가지 가난한 농군이나 시인은
하품같이 조롱하고 헐뜯지는 말라
옛날 추억으로
보슬비 나리는 날 하품하며 자연을 기다린다는
그 얼마나 멋진 말이든가

낙엽

가끔 낙엽 밟히는 소리가 이른 아침 덧창을 깨
워 괴롭힌다
교외의 목마른 꽃들이 들창을 건들거리고
설익은 열매와 낙엽이 뭉뚱그려 놓은 도시의 거
리는
쓸쓸하게 뒷맛을 남기며 소매를 걷어 올린 살갗
이 불그레하게
태양과 뜬 일체감을 이룬다

치솟은 빌딩들 문화의 분화구를 배외하는 인간
들이 기어 나오며
바닥에 구르는 그 영혼에게
처음부터 없었던 약속을 연출하기에
예쁜 여왕의 구두도 없이 나들이하러 온 나의
방랑처럼

어서 와 밟아주렴
감각의 서정에서 발차고 아찔하게
이리 왔던 현기증의 수도승 같이

네 중요한 몫을 가진 낙엽을 쓸고 있는 그를 사
랑할 때마다
수줍은 나의 행위를 의심한다

그대는 남루한 외투도 가진 건 없는
땅과 도시 시골의 뒤안길 모르는 길에 있는
뿌리도 없나 조상에게 버림받고
가을날의 몽상가로 수혈을 한다
외롭고 고독한 낙엽에 취하여

미치고 싶다

떠오르는 꿈은 멋지고 현실은 바닥으로
사람은 태어나기를 태만하고
교묘하게 잠잔다
매일 밤 시달리는 노래 속에

그대는 신앙을 정돈 하지만
슬프거나 떨리는 말들은 무시하거나 말하지 않고
묵혀 둔 낟알과 열매를 부러워한다
나태에 빠진 안일한 식탁의 녹슨 식칼처럼

들판은 제 색깔을 내고
봄 뻐꾸기는 둥지를 버린다
남은 것이 있다면 우리들은
어떤 것을 버려야 가능할까

감정

걷고 있다가 그대 보면
내 감정은 상투적이거나 즐겁고
기분이 우울하거나 상념이란 말꼬리를 흐릴 때면
지나치기는 뚜렷하지 않은 느낌이 든다

표현될 수 없는 기분처럼
어깨로 내려오는 길은 생머리가 꼬일 때마다
잠잘 때 그대의 신비로운 육체를 발굴하게 되고
그래서 잠자리에 제 전리품같이 당당하게 챙기는
그 노획물품 아래
그대의 육체는 헌 옷가지를 수집가에게 주게 된다

가슴 깊이 패이는 옷을 걸친 흔들리는 가슴 볼
때마다
혼히 추론의 감촉으로 이른다는 방식은
그대를 모욕하는 접촉은 아닐는지
"당신의 엉덩이는 매우 리듬을 주고 있어."
― 호이 좋은 일을 반복하는 고집쟁이처럼

공감

마음에 흔들리는 바람 같이
그대 머리맡 곁에
한 뼘 희망도 없이
잘 나가는 쟁기처럼
상념과 떨어진 부유물이 우리를 병들게 하고

하늘의 별 수만큼
너와 나 사이에
살갗과 살갗으로 나누지 못할
세상의 지붕과 창문을 연결하는
그 통로 마지막 공허여

끊어지지 않아
그대의 주머니 채워지지 않고
질기고 단단한 질경이 식물이
그것을 주워 매여 준 고삐여

기억 속에

저만큼 울어주던 새들에게
가을은 무슨 존재
풍성하고 만족한 그대만의 사물을 읽어 보면
내 기억의 편린이나 의미는 희미해져 가는 것

수목은 울창하고 우거진 잡목들은 제 살림대로
마음대로 가꾸며 다부진 몸매로 떳떳하게 자라
고 번성하며
갈색 홍색 붉은 색깔을 뽐낸다
게으르며 여유를 머리에 꺼내 놓고
한철 지나가는 회상 속에

재생과 순환의 다리를 걸어가며
구름 건너 회한 속에
다시 만나는 수풀을 실험하며 토해 낸다
끊임없이 기르는 자생과 기억 속에

농사 집

누렁이 황소가 일터에서 오는 길은
가을밤 경치만큼 어울려
덩굴 순 헤치며 그늘을 치운 발길에
어스름 해 넘어 산이 가깝고

밀짚모자 고운 처맨 농삿길에
넝쿨손 칡이 친친 감아 도는 이때
집으로 구름은 덧없이 부르며
저녁으로 돌아왔다

사랑스럽게 마을 끄는 어둠은
농자의 식탁을 마련하며
고구마 한 솥단지에
옥수수 몇 개
안마당 안 호롱불 쓰고

도시

서쪽은 기울어지고
창문은 빛나는 해를 뚫는 시간에
바람은 선선하게 서풍이 잔잔하다

도시는 대문을 열고
집으로 오는 도시의 휴식은
나뭇가지 구름 아래 고요한 질서를
휴지 줍는 노인의 이마는 땀 내음새가 난다

붉은 벽돌집과 상점의 아름다운 불빛
조화와 타협이 어둠 나와 앉으면
거리엔 향락과 사치 빈곤과 가난이 우글거려
활기차게 솟은 건물들이 서늘하게 빛난다

무심천 꿈길에

흰 구름 대교천에 걸리고
꽃다리 꽃길 걸어보고 싶은 가을 하늘이 오르는
선잠에 늘어지고 깨우는
청주 시냇가 아침이 지나가리라

그대는 사연이 많은지 이름도 많고
물결만큼 고결하구나
통일 신라는 남석천
왜가리가 부리로 쬬은 억새 숲이 물 마중 나와
심천 고려 나라에는 마음 고운 직지 사람이
갈대숲같이 이름 지었나
무성뚝 걸어보면 벚꽃은 싫은지
눈을 감고 가는 길에서
굽이굽이 흐르는 물을 옥빛으로 감싸 앉는다

꿈길로 수백 수 천릿길
모래와 자갈벌 늪은 철새들이 젖줄 만들어 놓고
높은 교곽 다리와 긴 뚝방은 하늘에게 소통하는
장소는 분명히 틀리고 맞지 않는 말은 아닌 것
같다

물오리 떼 멀리
북쪽으로 가는 가마터 도공들의 물 떼가 빛나듯
그 영광스럽고 위대한 도공의 숨결이
이 깔때기 무심천에 흘러가리라

도피

교활한 성전의 기둥에
지친 생명의 불꽃은 튀여 나와 그대를 부른다
괴로운 뿌리와 열매는
환생의 기도를 맞추고
다만 성장한 기쁨으로 교리를 외운다

도대체 도락에 빠진 젊은 시대에
앎의 근원 신선한 식탁에 차려진 재료는 없는
것인가
열 일하던 총아의 새싹들은
도망갔구나 청춘의 조루증아

떠나가는 축배의 문이
의도를 열면
그 속에 포도주 주인이 문을 두드리며
도피의 잠을 깨울 때

말하지 말고

그대 사랑의 멜로디
오페라 극장의 예쁜 여가수 음정으로
가장 듣기 쉬운 익살로는
그 사랑 가늠 못해

너울의 화려한 눈 동작은
네 호감을 가지긴 어려워
듣기로 정한 그대 음악을
사나운 바다의 감정을 보여 줘

말 못 해
그 입술의 정겨움은 잠깐
한여름 뙤약볕은 또한 이슬같이
오래 견디는 묘약을 아픔도 참을래
그런 묘약을

무지

입안으로 스며드는 쓴 맛은
아직 양심을 가지고 있다는
내 위로를 경청하고
태우는 도시를 바라봤던 광대의 황제처럼
어리석은 말을 바꿔 타는 유럽에서
무척 냉랭한 말투를 쓰고 있는
한국인은 인상적인 괴로움을 평생 가지고

혼돈과 불안은 씻기도 어렵지만
보통보다 지나치게 가지고 사는
우리들의 처지는 자못 우악스럽다
아는 것이 없어   허약한 게 아니고
의심의 귓밥으로 썩은 벌거숭이 갈대 임금님처럼

그 속에 정신의 혹독한 배양으로
나는 나라가 싫다
거기 흐느낌과 용기 없는 폐적자여
그대는 늙은이를 공경하지 않고
다만 단호하게 적의로 믿음을 가졌다

미호천 길

구월은 가을이 와
고향 푸른 시냇가 그리워 오는 날은
잠들은 내 넋을 흘려보내고
반짝 빛나는 별을 미호천에 띄워
깜깜하게 얻은 시골을 눈빛으로 차려 놓고

지난 동무들 여린 감각으로 걸어보며
그 마을 신비로운 사람이 찾아와서
물동이를 물 벗나무에 걸어 놓고
사라진 다음날 아침
미호천 냇물이 흘렀다는 말과 함께

말매미가 누워 말을 걸고
아름다운 사람이 살고 있다고 하는 미호천
꿈은 많고 물길 만리
헤엄치는 시인의 보물이 있는 고장
아름답다 삼성면이 낳은 물이여

발길질

허름한 산이 앞에 놓여 있는
언덕으로 가자
물결이 흐르고 모래더미 수북이 쌓여
나무와 풀이 자라지 않는
언덕으로 기어서라도

말끔하지 않고
자갈밭에 꽃을 심고
노래하던 새를 부르러
황무지 자유가 있다면
사나운 기습을 당한 잡초 밭이
그리운 언덕

노여움에 떨리고
미움 같은 배에 밀리고
발길질에 채이고

밤하늘

나는 하늘을 쳐다보았어
시방 느낀 건데
눈시울로 올바르게 바라봤어
별이 지나가는 밤 한올에

멋쩍지만 뒤통수를 긁적이는
손으로 이마를 쓰다듬으며
뜻 모를 미소로
해맑은 기분 같은

어쩌면 좋아
별을 찬란하게 가슴으로 감각한다는 사실을
난 널 사랑해
당당하게 널 의식해 가는 의지를
기억만 해 줘

분노

오월의 어둠 깊게 푸르다
실비 오기로 한 야반에
글은 사무치고
캄캄한 더운 습기로 찐 야밤
머구리 쫓다가 꿈을 내다가
문 밭 열은 나의 고향
이제는 말할 수 있다
발밑에 우는 이 분노를
누구의 분을 섹히지는 못하고
어둔 세상 창살 안 형광등 불 켤 때
글이 울린다
잔잔한 울분이라는
저 이유 없는 비 나린 강토에
토양의 양분을 켜 대고 있다
개구리 물 논에 내릴까

비참한 기분

시인이 모태에서 나와 세상을 여행하며
기쁨과 슬픔 속에
초라한 시인인 나에게
한없는 감사와 여지를 남길 만큼
가치는 있을까

이 기분 피하지 않아
쾌락과 회한의 도피
끝없는 운명을 비추는 불경스러운 비탄으로
우쭐해 한 이 감정까지도
모욕과 힐난이 반복되는구나

어둠아 오라 나의 죽음을 묻어라
밀리는 암흑에 독기가 편편하게 퍼지면
상여꾼 기다리는 요령잡이가
내 방문에서 기다리리라

삶의 축가

무도곡에 춤추는 아이같이
흥겨웁게 발을 구르며
입을 맞추는 환희 곡으로
리듬까지 우울한 낭만으로

삶은 영원하지도 영구하지 않은 것
발맞춰 행진 가락에 기대며
나아가자 우리 집 고향같이
그립고 사랑스러운 여인의 눈물같이

함께 모여 북소리 울리며
장단 갖춰 어깨춤으로 가슴 열어젖혀서
이루지 못할 언약이나 구원의 노래들은 멈추고
꿈처럼 달처럼 별 같이

오늘은 추억에 젖어서
날마다 꿈꿔버린 새벽이슬 덮고
안개를 가둬놓은 의식의 축일 날을 즐기자
한발 뒤발 그대 가슴에 안겨서
물을 담은 호숫가 꽃길을 걸어가자

3부.
오후 비는 내리고

생각

가슴은 솟는 해
무얼 생각하는지 거대한 상징은
성전의 기둥처럼 솟구쳐 올라와
떠받친 비밀들이 벗겨지고
우람한 가지들은 자라며
그곳에서 모든 사물은 조화를 부리며
인간이 된다

얼린 기근과 가뭄
그로부터 자유를 느끼며
드넓은 글귀 함의 달리는
벼락으로 가능한 그 정신을

노래하라 근본과 억측을
이젠 싫다 해박한 경전이
그 두 귀를 뚫으며
망각하면 이루는 사유처럼
소란한 의식 잔잔한 대양처럼

슬픔

하늘 뚫린 듯 비를 내리고 있는 그대여
새벽부터 어떤 사연과 이유로
가을 향기에 취한 들판은 폭풍으로 오는가
허약한 곡식으로 물든 땅에

그리고 그대와 같이
내 까닭 없는 슬픔 속에서 잔주름 가득하고
시련의 이 마음 여기에 자리 깔고 누워
너의 고약한 심보와 오기는
태양을 가릴만한 재주를 가지고

패기의 순간 이젠 아리고
상처가 많고 아물지를 않는다
늦가을 볕의 콩 튀기는 젊음은
먹먹하고 의연하지 않은 기억들이 오가고 있다
비바람과 눈물과 한숨의 괴리 앞에서

시인

이 세계에 시인이 된다는
시인이라고 일컬어지는 사람은
현실과 미래 지난 추억으로도 버림받거나
일말의 아픔에서 제외 얻은 대상 이거나

한적한 장소 비운 공간에
오르지 소리꾼 북소리 울리고
교외의 돌보지 않는 어느 늙고 병든 소리개가
눈알 굴리며 굴종의 방향으로 바람을 애도하는
두려움은 가난과 고행을 잃어버리는 습속을 가
지기에

장사꾼은 쏙이는 금속활자로 살고
정치가 관료는 안식일의 눈 속임질로
신성한 법정을 기다리며
시인은 이를 허락하듯
봄 녹이는 연금술사 노릇하는
불행한 이 세계에 독자이리라

신

멀쩡한 번뇌를 허락한 신이여
많은 별 가운데 이곳을 지정한 이유와 근거는
학설과 학연에 지류를 내심 흘려 봐도
적당한 문구나 언어는 쉽지 않을 듯

그대는 만족합니까
저 버러지 교회와 교황의 무도함을
꼭 배운 유산자 그리고 위선가를 세우는
이것 역시 당신의 술수 아니면
단정해 버린 말씀입니까

뻔뻔한 교회 무리들 주교들의 사람 놀이
당신의 악습, 당신의 횃불, 당신의 복음
버릇과 불빛들, 사랑은
이렇게 만들어 놓은 당신은 쾌활합니까

독생자
당신의 외아들은 하늘에 있겠지요
거룩하며 신비롭게
나도 당신을 모른다고 하면 좋겠습니다
서른 번씩이나

영감

증명해 보오 그 눈빛
비의 오감을 끊고 발목 잡는 권태를 버리리라
끊임없이 비탄을 요구한 당신의 감각을
이제야 경멸하고 또 찾는 건
오르지 예술의 순수성을
 미련의 울타리로 친 영감을 부르려고

팔목이 끊어지면
멈추는 글은 비명이 된다
이 살인의 기법으로 혼을 창조한
그대의 계략은 미덥구나

하늘과 별 그 많은 계산과 헤아린 날들은
비릿하고 어지러운 현기증처럼
나에게 묻고 질문한다
발목이 절단을 거치며 세상과 결별을 선언당한
담대하고 명료한 영감이여

신탁

그대를 맡길 수 있나
터무니없는 말로
가을볕은 자유만을 뜻한다

그대는 무엇을 믿나
당신의 팔다리
손톱과 발톱의 무게
우리들은 푸른 벌판의 수풀을 믿는다

나는 자연 옆에 있을 때
가장 강하게 의지하며 싸운다
감각으로 겨루는 그의 눈빛을

오후 비는 내리고

꿈을 캐는 광부의 일손이
몽롱한 보석을 발견한 눈초리로 오는
이 생명의 물꽃을
바다에서 건너온 손님은
마을에서 마을로 뛰고

가지런한 정원에
도시공원의 활력은 꿈을 꾸며
꽃나무 숲은 짙은 푸른 옷감을 가지고
지나간 구둣창에 맞추듯
하프 연주의 뜨거운 비가 내린다

노래와 춤 사람과 사람 사이
간격의 비가 오면
늘씬한 젊고 아름다운 여인들이
빗소리 건축을 설계하고
능란하게 타게 진 치마 안다리를 비춰준다

위에서 땅으로

오랫동안 땅 밟고 있는 걸
잊어버렸어
아마 땅은 바람 데리고 와
어디론지 실어 보냈다 가
지금 제 얼굴로 아래로
발을 보게 되었어

하늘 높이
그게 하늘이 아니고
깨닫는 날이 오기까지는
많은 죄를 벌을 받았겠지

위에서는 너무 깊은 태도만을 부렸지
틀린 말과 다툼이라는 똑똑함을
다른 이에게 가르치려고
태도보다 그게 오만함 일거야
스스로 건방진 거야

너의 말로
구름까지 갔다 간 돌아온 것은 놔두고
어떤 곳에서 또한 발은 땅을 밟고 있었어
아래에서 땅은 발을 잊지는 않기로 한 거지

잠들은 영혼

풀밭에 누워 바람을 깨운다
목젖은 솟고 대기는 일어나며
텁텁해진 잠결은 맑은 생명 속에 부활하고
콧노래는 시작을 알린다
날개는 닫힌 문이 열리듯
활짝 자연의 문들은 꽃 피고 싶어서

수많은 별들이 지나가고
그 자연 순종하며 그 안에
이삭을 줍는 어린아이가 태어난다
나무들은 뿌리를 뻗고
나뭇잎은 그 가지들을 다스려 가며
끊임없는 연극을 폭발시킨다

늦여름의 과일처럼
싱싱하고 더없이 귀해지고
단잠이 주는 성실한 달콤하고 부드러우며
그대는 수확의 기쁨을 얻으며
풀밭을 걸어가리라

적자여

오, 능력자여
그대는 바다를 옮기고 싶나
옮길 수는 없어도 말은 할 수 있다면

가로막은 산울타리를 밀어 볼 수 없나
잔나뷔 앉은 들판의 기백에
그대의 잔잔한 웃음 말릴 수 없구나

네 출생의 비밀 알 것만 같은데
우리는 넓은 우주를 동경하고
하지만 두려운 의지를 내비친다

증오

자연의 풀은 서로를 친근하게 잡는다
사람처럼 귀를 세우며 입술처럼 피리를 합주하고
볼을 맞춰 다정함을 나눈다
교감을 다루는 솜씨에 취한 사람은
다투고 부족하여 소리로 찌르고
무기 들고 날쌔게 공격하며
온갖 욕설을 듣고 갚아 달리는 기근과
가뭄의 빈곤을 가지고 향유 속에 죄를 사귄다

공포와 갈취 폭발과 분노라는 갈증
밥 먹고 떠들며 생활하는 증오가
질서 원수가 된 그들의 형제와 가족을 지배하고
화려한 회당을 정복자로 개선한다
여의도 태극기 노인들이 류관순 혁명을
억 병으로 모욕하고 왕을 세운 침탈을

그대 정의로운 증오 자여
미움도 없이 불평도 없이 늙은이를 젊게 하는
자연의 극치 증오 자여

치마 여인에게

검정 치마 단정히 받은
흰 두 다리가 아름다운
비 오는 거리를 걷는다
가을밤 헤집은 네 흑진주 머리채가 짧게
고운 목덜미에 빛난다

촘촘한 민소매 옷
여인의 젖가슴 가리고
긴소매 남방 옷이 속속 살갗을 움직일 때마다
네 다정하고 어린 갸름한 얼굴 모습 또한
빗방울 이슬같이 맺어 떨어진다

치마가 보기 좋은
그녀의 엉덩이와 종아리 비탈 턱
그대는 각자 알아서 미각의 문을 지나고
밤처럼 여인이 되며
잠을 기록하고 의식한다

현대인

박스 줏어요
네거리 구르마를 끌고 횡단보도 건너
그 얼굴의 아침 햇살은 외쳐댄다
꿈을 꾸었던 아이가
마른 장작이 세월을 이기지 못하고 늙어 간다
잘난 사람이 아닌 그대를 위로하려고
검고 마르고 남루한 모습의 그대여

한때 우람한 신체와 그윽한 애정을 가졌던 영혼
이여
신의 계율과 규칙을 말하던 시인이여
영광을 이어받은 종자로써 부끄러움 없이
교회 주일 예배의 찬송 자여
그대는 스스로 '신이다'라고 외치곤 했다

꺼져가는 그대의 안일함
빈말과 거친 언사로 지내왔던
목자가 뜯은 목초 밭은 멀어져만 가고
그대는 허리 굽은 자기를 용서해 가고 있었다

고독

힘이 없구나 그물에 걸린 잠자리는
그 세계를 고통으로 속삭일까
잠자던 샘물이 지난밤에는
숲들을 방랑하였지
꽃들은 쓸쓸함을 꿈꾸며

태양의 모욕 자비는 떠났네
찡그린 얼굴 주름살은 희한 속에 가둔
신비한 언약까지 사라져
나이 먹은 장애물 시대에 살고 있다

혼자라고 말하는 외침을 들으며
날마다 지난 회상을 쓸어 담는다
질긴 인연과 과오를 들춰내고
가슴속에 있는 것은

회상

네 삶이 꿈속 같고
가장 미더운 얼굴로 바라보리
아직 멀리 돌아갈 일은 없을 텐데
너무나 아름다운 비속어로
똥 싸는 공기 깔때기에
널 문질러주고 뜯어 엮을 것을
똥을 제 주머니에 넣고
가끔씩 꺼내어 입으로 넣어
가슴 깊이 사랑의 누이처럼
나눠 먹는 이 똥을 가지고

네 똥구멍에 해 뜬다
내 엄마가 가난한 사람을 알려주고
비유를 그럴듯하게
나는 지금 어떻게 살아야 가난살인지 모른다
또 더러워 피하는 똥이라고
묻는 용기가 없는지 모르지만
가난의 철철 지난 옷에서
곰팡이 누룩이 내음새가 있도록
씨익 정서를 가지고 놀듯 웃으며
내 해묵은 시절의 어깨를 돌아보았었다

희망

흰구름 닿은 곳은 기슭에 머물고
높이 가는 마음 그늘 외로워 보여
소리를 지른 외진 장소에
소맷자리 올려놓았다

가끔 미소는 고혹하게 나뭇잎 부딪혀 있고
소란한 눈매에는 지독하게 불안한 매생이처럼
안개의 숲을 흘리며
지나간 여인의 사랑을 떠나간다

그중에 나중의 짧은 연정을 기다리는
바람둥이보다 못한 구절이 실타래 풀리듯
머리와 털빛에서 끝나갈 때
끊어진 다리에서 그들을 보았었다

청춘

버려진 줄 알면서
너는 꼭 다시 물어본다
간절히 사랑하지 않았느냐고
거기 유감없이 발 달린 이별인 줄 알면서
돌아서지만 사연의 뿌리는
젊음까지 빗나간 화살이었지

입술은 떨리고 가슴은 아픈 것이야
호기롭게 돌주먹을 내밀지만
탄성과 한탄 사이는 '떠났어'라고 외치고 있고
환락 그 감각 그대로 돌려줘

미련이 심장의 칼끝을 놀고먹는다
맹랑한 발칙스런 몸짓이며
엉뚱한 깜찍한 엉덩이마다 흔들리는 매력이여
그 향기 나는 상처엔 이즉히
흐를 푸른 피가 나돌고

지하의 저주

지하에 꽃밤 만든 통로를
열어라 미운 감흥으로 오는 빗장을
반대편 형용스러운 글귀와 현상
오직 순수한 낱말로 그리운 시위로써만 달려가는
괴로움 밑에 보거라 공허와 소란을

이만큼 떠나리라
한 편의 시 증오도 영롱한 의지도 없어
다만 너의 죽음 저 밑께 정성으로 날어간
미소와 슬픔 같은 아린 추억처럼 덮고

너는 아무것도 없다
디딜 땅 욕구불만까지 순응하고 차갑게 물러나라
가슴과 머리에서 캄캄한 지하의 시선들
저주의 문이 열리면 잠금질 하던 노예들은
쇠사슬 풀며 날아오르리라

여행자

오랫동안 바람 타고 떠돌다 지친 몸으로
영웅전 읽었던 사람이 영광의
혼불 밝히는 여행의 순례자 당신을 존경한다
깊은 사고와 이해력으로 낡은 깃을 치며 떠오르는
우리 흔하게 보는 도시마다 비둘기
여행자여, 그대는 산비둘기처럼
날래고 용감하며 두렵지 않은 이리처럼

넓어진 안목 보기 드문 눈 안의 광선은
떼놓거나 붙이지도 않는
그대의 허락한 존재 날개 꼭지의 자유를 경언
하면서
오, 두발 묶여진 세상 사람들의 비웃음이든
얼마나 강직한 사람으로 변하였단 말이오

찬송하는 정치가의 시대는 지났소
홀연히 부르짖는 항명의 파도
혈연도 마음도 교정쇄도 없이
꿈에서 돌아온 당당한 여행을 씻긴다

시골

막대기에 심지를 켜고
불 밝은 마을에는 아이들 무등 올리는
정다운 이웃이 풍경으로 사라진 옛사람을 섬기니
달은 매혹하여 신부를 떠올리며
나뭇가지 착한 농부 집이 푸르다

지친 하룻날 오른 쟁기는
정취를 가다듬고 봄이 왔는데
거두는 사람은 김치 한 가지 소반에
감자 몇 개 등불이 거룩하고

문짝을 열면 어둠이 들썩이는 소리
산등성이 파아란 열매가 익어가던 꿈 떠는 밭에서
콩서리 재미를 알아 모닥불 놓고
가을 말했던 새색시 껌정 콩이 누라니
얼굴 비비고 일어나 아름다운 아침을 깨운다

4부.

사랑 향기

슬픈 노래

유치하다 불행이 오는 나날에
씨앗을 심고 앉자 얻어 온 가을 찬란한 볕
들판으로 가자
한없이 펼쳐진 풀 기슭 나무와
잎새 너머의 뾰는 배추와 무우들
겨울이 이끌었던 김장독 그늘 아래

서리가 뾰는 오후
그대의 풀 음식은 어딨는가
한겨울이 대답해주리라
찬란한 밤의 오기처럼 꽃은 지고 있다
명상하는 어둠같이

무거운 벌판 끝나지 않은 별
모두 함께 일어나고 있구나
비굴한 삶이 하늘을 덮고
영혼을 빙자한 바람은 느껴

수간

끊임없이 오는 문항병
이를 용납하는 정치가와 용병
교육자를 비롯된 공공장소 공무원을 포함하여
우리들은 크게 무너졌다
변태 수간 인이 된 질서의 부랑자 및 종자들

멀리 좀 더 멀리
비위를 멈추지 않는 도리를 알고
제 색깔 나무 구하는 만능소를 넣고
한발 더 이빨로 뭉개는 수리를 가지고 있다

비인간적인 너무나 인간적인
과표를 낙심하던 철학자같이
우리들은 울타리에서 헤매고 애낀다

변화

곧 들판에는 가을이 수확의 자리 마련하리라
호수는 땀 흘린 농사 집 발 씻는 우물처럼
논에는 나락이 누렇게 익어 풍성하니
철이 오고 밭 밭에는 여러 가지 곡식들이
고랑 잔치를 벌이는

참깨밭 비운 자리에
벌배추 새싹손이 군데군데 심귀지고
무이씨 돌갓씨가 한 뼘으로 자라나서
김매기 당하는 처녀 아이의 손 그늘 아롱지고
산까치는 참깨씨 밭을 쪼일 듯 날어 갔다

동부 저리, 땅콩 순, 넝쿨 팥 자리
고개 밭뚝에 해는 걸어 놓고
쌔들한 양지귀 고요로우니
높은 하늘 목가들의 희한한 고리 아름답다

대한민국 국민

나라는 도발하고
대통령은 비워진 도자기 아니고 비운 항아리였다
무지한 국민들은 윤가를 뽑았지
털털한 성격에 겉으로는 해줄 수 있다는
막연한 심리를 이용하고
격려한 검찰 우두머리를ㅠ지목하고
민의를 세운 이 나라 국민 목민관들이

예순일흔 넘긴 사람들은 거의 그를 지지하고
옹호론자들의 어천가를 불렀으며
결국 그도 법치주의자였다
헛소리 하는 사람에게 충성한다는 말을 믿은
어리석고 우둔하며 썩은 젊은 마음들은
팔순보다 더 늙은 2030 아들 뻘 되는 자유 노략
질을
이 나라는 지배를 허락이 아니라 방종이다

법률가가 무슨 일을 검찰총장이
어떤 공정을 판사가 왜 평등을

대한민국 사람들이 우습기도 하고 불쌍해 보이
긴 하는데
　　차라리 조선시대에는 왕권이 있었다
　　이 나라 자유 사람들아 너희가 국민이더냐
　　국민은 대통령 정지가 공무원 없는
　　정말 나라 대통령이다

방황

목표를 정하지 못한 비는 쏟아지고
목차도 없이 길에서 언제까지 헤매는 도시처럼
풍차의 헛된 공상같이 돌아다니다
미친 열정이란 삶을 무한하게 만난다면
예술적 재능이 있다느니
소질이고 스스로웁게 위안하는 그 광인의 정신을

풀이 하염없게 자란 봄날의 어느 날
시름과 주름살이 나른한 정신 속에 가둬
발작과 간질의 소요를 이루며
썩은 제 몸을 뚫듯 오는 고통은

고통이나 외로운 불행을 가리는 마음의 소품은
없는 걸까
노래가 끝나는 시간처럼

늦여름

열망의 언덕 저녁은 밝고 어두워
들판의 풀벌레 아늑한 듯 바라보느니
뜨거운 코 입김의 그대는
언제나 우리들을 생각나게 한다
나뭇가지 붙은 매미가 하프 연주를 끝낼 때

풀 밟으러 저녁 기다린 한가롭고
그녀 상냥한 말씨 들리어
다채롭고 흥미를 깨우는 부드러운 미소와 함께

가벼움은 열기를 쫓으며
계절의 조화 그 담대하고
크는 느낌으로 나뭇잎의 말해 주는 언어로
신전하고 푸른 벌판에 서 않으며

꽃밭

찾은 마을 한길에
적당하게 예쁘지도 않지만
작게 만들은 꽃밭에서
누가 잘 피었는지 모르지만
하늘같이 누워

바람이 불어와
외솔가지 푸르게 오는 고향나무 길
따스한 봄
어머니와 걸었던 갓난아기 시절은
꿈길에서도 익어 내지 않고
떨어진 가을 잎새처럼 슬픈 것은

백일홍 백일이 지나고
채송화 꽃밭에 오월의 꿈을 꾸었던
어머니 등받이에 배냇저고리로
꽃밭의 소란과 그리움은 무엇일까

가을 밤중

병인을 끌고 오듯 더디어 오는 계절은
아가씨 높은 발굽이 아래
성큼 다 긴 쇠창살 집 달이
가운데 매달려 비시시 눈웃음 일어난 산마을

그를 안고 떠난 조각구름
깊은 시렁 간 유난을 떨고 방정맞은 달은
지붕 유리창에 달라붙어
취한 주정뱅이 같이 누워 버린다

남빛은 무릎 구부리고
산중 개 짖는 소리 떠들썩이 오는데
가을밤 버러지 취중에도 정겨웁다

가을 농사

고갱이 치는 땅 가을밭이 드넓고 높아
그동안 고마웠어
뜨거운 여름의 나날을 인내와 인정 속에
손등을 꼬잡고 물어뜯고 처박은 시간들이여

너의 음막에 씨를 파종하고
가꾸며 일어나는 낫질에 풀 자락을 끼고
거두고 베며 잡초는 아니지만
너는 생명이고 고추 가제미 집을 짓게 하고
쟁기를 거는 이는 밭에서는 자연이고
집안에서는 낟가리를 쌓는 사람이 된다

가을 그 푸르고 공손한 농부의 빈 마음은 하늘
이 되고
노래로 베틀 얽기는 시인이 된다
그래서 가슴을 쑤셔 넣고 맑아진 가슴으로 살고
돌주먹 움켜쥐고 돌아갈 줄 아는 제비가 된다
멋진 연자방아 찧는 우러른 신처럼 오는 것이다

가로수

얼마나 많은 사연이 있을까
그의 푸른 가지는
물 담은 저수지 같이
문명에 흔들리는 꽃의 애초로움이여

보도블록에 뿌리를 내리는
먼지와 기둥의 노랫말처럼
곪힌 그대 영혼은 사람들의 멸시와 조롱에
다만 초록의 물결로 저항하리라

등불도 아니면서
자동차 매연과 시끄러운 이방인의 나무여
구름과 비 불등의 연민 꿋꿋이 세운
우리들은 그대의 헌신과 공적을 가르칠 수 있을까

가난해진 이름

광에서 해묵은 연탄을 꺼내며 흘리는 땀으로
여름의 나날 태양은
그땐 그렇게 고추 건조실의 추억은 아프지 않았고
뜨거운 열기로 가난을 의인하고 받들었던
작은 농사꾼의 절망과 한숨이
오히려 깨워주던 우리 아버지의 아버지 시대

열량이나 광란 취기의 가난쯤은
비단 주머니 땅 부잣집 어른이나
지주 행장을 위리로 묵인하며 거두었던
우리들의 빈자 아버지의 주정꾼 시대에
연탄 꽝 독가스 집에서는 밥 한 끼니 귀하고
누구나 같은 사람이었었다

해지은 적삼에 꿰맨 양말
나일론 칠부바지를 아무렇지 않게 입었고
불평이나 잔말 학대는 서리 오던 늦가을 풍광처
럼 낯설어
그때와 지금은 익숙하지 많은 아니한 그렇지만
당신 나라의 대통령 시종이거나
관료 헌법 학자들의 무신정변 같은
뒤떨어진 요강통 아가리는 아닐까

수줍어

알리지 않은 얼굴로
그대를 찾아가는 수줍은 꽃이 되는
영산홍 골안 어귀 해물 같은 그녀의 웃음은
이렇게나 많이 제 마음 그득하여
우리 손을 잡고 걸었지

절대적인 그 사랑
기억해 줘 무한한 신뢰와 동의는 얼굴을 감싸고
한없는 감사와 부끄러운 이야기 늦추면서
눌리는 달의 목덜미를 타고
어둠이 빛나는 숲의 메아리를 듣는

은밀한 몸짓
목젖으로 젓나무 신비는 부드러워
말끔한 눈귀와 흐르는 볼이 생머리로 흘러내리면
안개꽃 아침을 찬양하는
수줍은 문들이 지나가리라

콕 찜어

여럿이 한데 모아 얽은
가지가지 한다는 서울 여의도에서
너만 콕 찍어 찜하는 행태와 정치 수준
얼굴 기름은 미끄럼틀에 붓고
머리채는 꾸는 권력의 태만으로
무지하고 어리석은 백성은
쏙이고 물어뜯는다

방송은 그럴싸한 엿기름 멕이고
신문이나 언론은 돈푼 냥이나 얹어 줏으면
매사는 옥토에 화사하게 다스려지는데
충청도 전라도 서울은 흔히 썩은 계륵 같은 의
식이라고
경상도는 당나라 원주민 혈통이고
우리집 무심천 납지리 초록 물고기는 알지

무섭다 두렵고 그 이들은 배우고 똑똑한 사람들
맞어
법으로 지배하는 하느님 부처님 성주님

이렇게 잘나고 떳떳하고 곱상하게 살고 있는

대통령 장관 공무원 자리에서 왼발 새끼에 묵주
에 성경을

그들의 신발에 비난수하고 빌고 또 기도문 소리
높여주리라

청주 다리

꽃다릿길 수백 리 아침에 이슬은 한들거려
서문교는 둥근 지붕을
물오리 심천에 태양을 쬐이고
수영교 고려 시대에는 헤엄하던 무리들
북쪽을 흘러 고구려 시민의 대륙 기틀이 풍기고

저 방서교 가을 다리 건너
미평천이 이뤄낸 물질이 시작되면
길게 뻗은 교량들이 낮낮이 장미를 가꾸며
굽굽이 도는 허릿물이 수박밭 채소쟁이
제 멋을 이뤄 가꾸고

산 높이 냇길 높이 상당산성 얼리면
도청 관찰사 도적놈 밥그릇이 그득하다
봄나들이에 벚꽃은 그냥 헤픈데
베지 못하는 청주도의 근성을 저주한다
육거리 시장 광주리가 자랑거리라고는 하던데
터진이며 슬픈 것을 팔고 남는 몸을 뒤지고 가
는 곳이다

남사교 남빛 시들해진 저녁
여자 아이들은 남아로 변하고
꼭 두 손이 높은 줄타기 하러 간 슬픈 사연 있는
난간에 걸터앉은 비루한 여인이
해넘이에 웃어 보여

주님

천주를 말하고 논의하며 시키는 주님
그 사랑 노래하며 포도주를 따르며 믿는
유일하고 모든 사물을 외면하지 않는
창세기 끝은 비굴하고 염려는 많고
인간을 용서하지 않는 배암을 보내셨고
지금 저 들판에 아늑함은 늙고 수확은 거두지
못하고
이러한 주기도문 한 장으로
부활의 징조를 읊으라고 하시는 저 주님

혹독한 댓가 보상의 주님
나를 따르라 바윗돌 심판을 내리고
권능과 욕구를 보여주신 의리가 있던 주님
멸망과 화친하고 그 회개문 어디에도
당신의 적그리스도는
교회탑 회당 간에서 다 기도로 찾고 있습니다
당신의 말 진리 곧 참회는
내 심장을 매일 찌르며 즐기고 있습니다

어떻게 이룰까요
당신의 양 떼들을
아니지요 아니지 저들은 이리도 아닌
들판의 대기도 아닙니다
물어보겠습니다 당신의 궤짝을
당신의 어린양들입니다

짧은 치마

영혼의 무게로 깊이가 있는
그녀의 짧은 치마
허벅지에 시선이 모아지면
나른한 신의 원탁이 드리워
다리 사이 무릎 위엔
가까이 좀 더 가까이

발목에서 선을 넘나들던 젖은 꽃망울같이
손 그늘에 매암 돌던 황홀한 나태가 기여 나오고
발아래 움직이듯 뛰놀던 창조의 본능으로부터
한 번 더 예열하던 나의 갈등과 죄악의 대리자여
그녀의 허리턱 아래 오던 준엄한 신비가
세상과 허무로부터 자유로워 오고

죄를 감추던 별이 창공 너머
둔덕에서 사라져 꿈이 지울 때는
제 눈을 감고 약속을 지킨다
스스로 교태를 지키는 의무 속에서

저무는 도시처럼

여인들의 엉덩이에 허리 꼬은 유희와
저녁거리를 활보하는 유혹
쾌락을 쫓아 벌떼의 무리들은
높이 솟은 건물의 외관을 의지 한다

어두운 조명은 질서를 창조하듯
나무들은 제 숨결 토해내고
조각은 형상을 스스로 구해내며
신들의 놀이터를 무너뜨린다
밤의 종소리처럼 섞여서

밤의 안개 정돈된 아름다움이 불빛 속에
빛나는 별은 하늘 아래 내려
공원과 산수유를 건드리며 공기를 스칠 때
두 다리를 친근하게 꺼내 놓는다

나무

네 영혼의 빛은 아침 이슬 빛나고
꿈을 꾸었네
곧 때 기다리는 잎새에
경험과 의지 폭염과 인내
한없는 감사를 주는 날씨와 더위 기다리지 않는
영혼에게
여름은 차갑고 예민한 여인이다

반팔 옷에 긴 치마 나들이 옷감
고운 어깨를 드러내 움푹 파인 가슴을 보이면서
시선의 집중 은밀한 중년 여인의 발광체를 열고
아늑한 신비를 지닌 여름의 모델

오오 뜨겁고 세찬 눈알의 시선들은
사냥을 나가는 도시 성당의 삼종 소리 뜨고
과감한 노출 여인들의 다리가 돋보이던
매혹과 영감이 던지는 새파란 잎새가 흔들리듯
그대 마음같이 떨리는 하늘

숙련된 시원한 계곡의 높이와
움직일 수 없는 위엄으로 마련해 놓고
기다리는 저 구름의 자태를
네 볼 흐르는 경애의 리듬과 경쾌함을
그리고 뻔뻔한 네 심장을 느껴보리라

어둠

소리 없이 우는구나
발굽은 멀리
가슴은 두근대는 까닭 없이
어둠에서 빛난다
쓸쓸한 시대와 세상에서
애매한 뜻 없이
뭉클리는 도시 종소리
나직하고 절망보다 멀리
겨울의 노숙자 남루한 외투에

고요의 정원 그리고 은은하게
세상과 자연의 문이 열리면
망막하고 위태로운 길가엔 뿌리 박혀져
사상과 진리 견고한 누각은 넓어지고
닫은 문살 바구니엔 여분의 양식과 나이테

울지 마라 어둠의 세상아
사람의 문들은 끊어지고
애석하게 오직 캄캄한 대지의 구신에게
변명하던 넉살 좋은 오후의 태양만이 빛나는구나

속눈썹

맑은 눈시울에
배 곯은 눈을 뜬 새벽 공기를 가지고
한동안 바라뵈지 않는 꽃밭에서
기다리는 나뷔를
그런 자리에 이별을 묻어
구름 피맥을 지었던 나날

그 이슬 생기는 꽃밭 눈두덩이에
어느 사이엔가 고독이 함께 날개를 움츠리며
말하는 언어들 골안에
아름다운 적대감보다 두터운

다만 고웁게만 자란 눈 안에
피고 지는 꽃은 싫어서
식상해지는 안감으로는
이해 못 하고 서서 앉았을 뿐이다

사랑 향기

고운 우리 님
풀잎 버선발로 모셔놓고
은은한 바람 내음 풍기며
베틀다리 푸른 무명감 밟으러
오솔길 숲길 아래 띄워서
영원한 샘물 긷고

아리따운 떠내는 소리로
영치기 힘을 주며 걷는 빛깔은
혼자만이 영을 노래하리
그 노래와 축복
나는 이제 알았네

폭풍과 비바람
그녀보다 못해
경이적인 해일보다 잘고 보드랍다네

고운 우리 님
강하고 너그러워
태평양 하늘보다 깊어

5부.
저녁의 위안

사람들

밤이 불빛에 껌뻑이면
지친 사람들 꿈속에서 기여 나와
동쪽 밝아오는 등불 심지를 켜고
맞이하던 손님의 창문으로 커튼을 쳤다

쟁기와 낫 제각각 몫을 정하며
시골에서 도시로
자동차 운반선 뒤를 따르는 행렬
미사의 근엄한 축같이
움직이는 요란한 엔진의 발톱을 빌려서

이따금 노래방 안 가락으로 목청을 연결하고
기분 저울질하던 청소년 남녀 학생들의 분위기
를 가꾸며
오토바이 배달꾼의 노역으로 한숨과 증오
느는 죄악의 자부심은 기억하자

들판

하늘 세우고 있는 들판에
잠을 부탁하는 들풀의 휴전과 안일
늘어진 희망은 태양을 비추고
나른하게 꿈을 꾼다
오후의 정원사처럼 막역한 상상력으로

여름의 흥행과 주어진 의무를
귀를 메우는 땅의 고원으로
그대의 언어 경청하는 하늘이여
얼마 떨어진 고장에서 부르던 이름같이

꺾어진 망루 비상하는 들새들
쓰러진 풀섶에서 빛나는 달의 만용을
들판은 그들과 때로는 다투기도 하면서
초원의 여행자 들판이 좋다

나태

이 어둠이 어서 모여
한겨울 모진 추위와 질그릇 담는 화롯불 방석에
고냥이 솜씨로 바닥 뉘운 곳 세상에서
한가로이 경원하며 잠들은 노래 듣는다면
빠진 나태 느린 불행들은 사라질 텐데

담론을 담은 호숫가
늙은 11월의 밭뚝에 검불 깔린 따뜻한 체온과
온기로
그대 어설픈 동작과 겸손으로 뿌릴 수 있는
성실했던 고전으로 새꾼의 활기와 모시 적삼을
만나보면서

눈감고 오는 기상의 나팔소리 하늘 찌를 때
고요의 향기 뱉어내고
시끄러운 진혼곡 끝내면
집가에 서경의 불빛 밋밋하니 경쾌하게 찾아온다

길

길 쪽으로 난 파랑꽃 어지럽고 이뻐서
풀숲은 고향이라고 하니 벌레도 울고
한나절 지쳤던 제비꽃
싱싱하고 보라색 되살아나
언젠가는 가 봬야지 한걸음 늦었지만

찾았던 그 길 안쪽으로 내 감정 살아나
바랭이풀 봄이 비워 온 자리에
엄마 꽃길 같은 기다림
수확을 마련한 한길은
여전히 나를 젊음으로 인도한다

꽃을 기다리니 아쉽고
길은 아쉬움에 추억을 정해 놓는 황톳길 하늘
너머
창공의 별이 뜨는 해를 다시 기다린 하룻길처럼
다른 길이 있다면 나를 불태워가리라
그대의 잎과 포기 줄기를 감싸며

가을 옆에서

한여름이 지나고 광기와 생명은 떠나간다
소멸의 뒤안길에 별이 빛나는 시간이 지나면서
그늘이 지친 열매를 쉬게 하는 공간은
초라해진 콩밭 허수아비가 태어나리라

풀숲을 밟으러 갈색의 기운을 토해내는
대지와 공기의 조화를 부리는
거리마다 바쁜 풍경의 사람들이 움직이고
시장의 좌판에도 할매들의 성찬이 쌓이는 아침에
구경꾼 플라타너스 이팔이가 흔들거린다

가을 하면
울어버리는 외로운 그이의 목덜미에
방랑의 옷깃을 처넣고 가는 연민이랄까
콧날 시큼한 영화관 주연들이 꿈꾸었던 낙엽은
궁궐에서 피여나던 마리화나의 의식을 둔감하게
이루거나
멋진 밭 떼기에 땀을 내리며 살피는
어떤 농부의 근심과 회한이
가을 나락에 숨겨놓는 비밀이리라

피아노

바삐 움직이는 시간과 나들이 길
은은하며 고혹적으로 때로는 경쾌하게
명주 한 감 타래 오듯
또는 쓸쓸한 오 촉 전구에 눈을 쳐다보며
비비는 느린 손길과 빠른 걸음 별길 아래 쏘다닌
사냥의 여신 길여 내는 머리 타래 뒤집어쓴
어느 날 감미로운 감각의 줏은 감동을 듣는 그
이는
행복한 마차를 타고 막우 숲과 들풀을 헤치는
나의 가락 피아노

그녀는 드레스를 걸치고 낡은 긴 장화에 갈색
속치마 부딪치며
자연의 뿌리 등잔의 불 켤 때 그윽하며 상냥한
미소로
어린 감각과 뜨거운 하얀 건반 복판에는 밀물이
되고
떠나는 항구에 배는 항해를 시작한다
뜨거운 입김으로 가을 찬이슬 부리고 초원을 달
리며

사자의 건강과 호랭이의 용맹으로
밟으러 단기는 두 발의 정갈하며 다정스러운 눈
빛처럼

호수는 아늑하고 대양은 인자하며 사나운 기풍
같이
검은건반은 보리밭을 거닐고
부서진 영혼은 뮤즈를 탄생시키며
곳간의 재물은 풍성하게 자애로워지고
이 못난 시인의 빨 때는 거대한 풍랑을 만나 영
감을 얻고
푸른 창공에 앉은 군함조는 그녀의 입술 따라
노래하고
모든 기쁨 끌어와
아 감미롭고 경탄스러운 너의 줄 들은
그만큼 세고 강한 부드럽게 울린다

정치

나라 있느냐고 부르짖으며
그대의 외침과 분노
그대 만들었던 군중의 공상 위로한
우리 자유를 말하면
얼마나 부끄러운 공허 애기로
매일 메아리가 된 단조로운 불행을 본다
뜨거운 가슴 여름 사라지고
남은 자리엔 열사라는 호명 부르며
차가운 육체 남겨진 구호들 쉬운 동정심

근사한 양복을 차려입고 흰 와이셔츠에
백열 당추를 고이 꼬고
의전을 성취하며 흐뭇하게
다소 긴장하듯 머릿기름이 빛나는
대통령 공무원 관리들
이 자존심 강한 민족은 욕망이 많고
가진 것을 질투하며 나라 임군님을 세우는데
지금까지는
一. 조상, 아버지, 손자, 나무, 버러지, 즘생……

다 말하는데 들판 곡식도
이 땅은 더 이상 꿈을 말할 정치가 없다
대통령의 혀로 거짓말 하면
자연보다 더 아름다운 지배 보상받는데

왜?
실망, 용서 이유 없이
정치를 두둔하지 말어라
이 나라 한 사람 개인이 말할 수 있는
나랏말 시민 권리는 설법이다
나 이외의 나라는 없다고
말하라 행동하라 국민이여

저녁의 위안

어스름하던 달빛 교묘하게 움직이는 풀숲 너머 덤불은
언제나 경이롭고 무명 저고리에 비친 그녀의 교태는
진초록 여름이 빛난다
어깨너머 살결 보드라운 남갑사 담쟁이넝쿨이 울던
초가지붕 달맞이 가을 어린 사람은 무동 타고
아버지를 따러 배꽃이 힘겨워하던 돌무릿길에서
자두나무 파란 불 켜진 방에 남겨진 초롱불 희미하게

때때로 우리들의 멋 담세령 길은
사기방등 불빛 가까이 웅얼웅얼 벌거지의 날개 젖는 소리는
미호천 고향 하늘은 이렇고
무성 뚝 어디선가 멜로디 가락을 끼운 부르는 여인의 호명은 어떻고
오월 개구리 논바닥 정겨운 곡조는

눈깔망나니같이 울고 내 고향 충청도 음성에
그 방죽가래실 나무의 숙연해지는 고향의 느낌은
목구멍에 지금도 가시 돗바늘로 시야에 맺어

주랑의 태양과 창공의 미 땅거미 지는 관목으로
흰 구름 있고
이슬과 비바람 허공으로 냇물이 흐르면
폭풍같이 웃는 정열과 기쁨이 자연으로 세워진다
위안의 공허와 함께

자극

감성의 질그릇 너의 혀를
자꾸만 침을 느끼는 여인의 숲길에서
활짝 올리는 통치마 언덕으로

눈맵시에 기울어진 두 다리
뚫리는 교성의 노래
두 팔에 안기였습니다

네가 꽃이 되고
네 입 코 귀가 우주에 젖을 때면
땅에 울리던 지상의 양식과
나팔귀를 듣는다

떨리는 가락 내음새 머릿털
긴 생머리 감각에 젖을 때
큰 새 한 마리 성전을 지으며
야릇하게 종소릴 자극한다

오늘

현실의 감각으로
꽃이 오기로 말하면 가장 안전하게
슬픈 것은 다음의 일
꾸밈없는 파도는 낯설어하지 않고
다만 넋 나간 사물로 말하는

추는 언어의 파닥거림
들불은 매양 정열로 몸을 태우고
이를 본 제 사랑은
바람을 쏘듯 매일 감각을 익히고

수증기의 분노는
그 살쩜을 보란 듯 웃고
연인을 저버린 아기 바람은
들판 속 자유를 들춰 뿌리를 내고

보다 안타깝게 이를 알아본 그림자는
산나물 헛골을 채워 가면서
짧은 자극으로 생애와 느낌을 적어 놓는다

옛 고향

고향에 가면
풀 땅이니 참나무 도토리 열매
수확을 기다리는 하늘과 고추잠자리 호박 내음
이니
여러 가지 위황병 같은 추억도 남겨져
아버지 동생 엄마 떠난 자리를
가끔 오리나무 그늘로 서 있곤 했지
아름드리나무는 베지고
새로운 얼굴들 새로운 풍습은 아니었지만
방죽가래실 옛 지명에 흔들거리는 정감은
오르지 나이 갑자를 먹은 늙은 눈씨굴 시인이
기다리는
엄마 내 사랑

일흔 남짓하니 웃나이 먹은 누나가 살고 있는데
그녀는 세상이 좋아 떨어져 살아서
무슨 그렇게나 아픈 상처가 많고
하많은 비애와 슬픔들 간직은 모르지마는
늙고 추한 인연은 덕지덕지 붙는 때 살이라서

방죽가래실 꿈을 꿔대도록
그 마을 이름 다섯 글자 정다워
마을 중간에 평범한 담수 시설 방죽 물
연못이라 불리워도 손색이 없는 곳

줄 풀 하고 놀고
우렁각시랑 술래 잡고
이제 와서 생각하니
가장 행복한 유년 시절뿐
어부바 잠자리 청색 홍색 호박꽃 여름의 나날

진달래가 곱단이 등불 찾어 가는
청버섯 밀대버섯 달기장은 어떻고
수염풀이 밀려가던 마을 중턱 고을 저녁은
아버지 지게가 숨을 쉬였고
어머니 색동옷이 한결 시원만 하여라
굴대장군이 우렁차게 대문을 지나
저녁이 오는 밤
별은 사랑스런 향기로 냇길 비춰는
그때는 된장말이국 내음새가 얼마나 싫었는지

보라 나의 녯 하고 고향아
뒷산물 쏘내기 오던 밤이면
소곤거리는 산새 올빼미 꿩닭이 웃듬하여
눈 오는 밤
끝없이 꿈을 꾸며 걷던
그것이 내 생애 마지막 슬픔이었던 것을

성질

가볍게 떨리는 소리로 고개를 갸우뚱 젓는
이 땅의 모순과 죄악들
양지에서 웃는 그들의 희귀한 행동은
목적만큼 기괴하고 가파르다
낭떠러지기에 선 어떤 그림처럼

반드시 목청을 돋우어
무대에서 열창하거나 어느 삼류 배우의 어줍잖
은 말장난
이런 가교의 열역학 같은 몸짓들
참담한 인상을 찡그린 개도국 정신의 빈자들이
모두 겪을 수밖에 없는
우매하게 팔을 비트는 교육

오랜 풍습이 창조한 유산물
가래침 떡을 들고
귀한 음식 기장차랍의 비탈진 양식을 받어 들며
아들과 며느리 손자 손녀의 전통을 자랑스럽게
늘은 노인들은 대견해했다
그들의 언어 발톱으로

비

무슨 말은 하고 싶은
가슴마다 떨어질 듯 오는
순수의 감정일까
묘한 소리에 비명을 뱉은
자연의 감흥을

듣는다 쓸리는 도시 구둣발에
아니면 멀리 들판에
곡식을 자라게 하는 생명의 고난을 만든
작은 정성과 기도의 눈물

어떤 이는 기쁨을
크다란 불빛으로 던져진 외침이요
낡은 옷가지에 지친 삶을 걸어 놓고
어떤 불행처럼 말하는 신탁 같은
못된 용서를 구하는 일

비가 오는 날은
이러이러한 상념들과 씨날들이

온도와 치수를 재고
무심한 풀밭 재단사처럼
오늘도 너의 희박한 존재처럼
고향 하늘을 메고
만나려고 오는 손님

몽환

꿈은 어지럽고 자연의 성곽은 무너져
그 자리 채우는 도라지꽃 호박 냄새
언제까지 호불호를 눈물과 괴로움과
약간의 기적을 마련한 기도문으로
하루살이 풀숲에 나던 향기만으로 졸던 정신을
지배하랴
바람에 서쪽 근방은 포만과 잃어버린 열의도 버
리고
풀린 봄바람에 따사한 감정이나 사랑
북방 위는 눈을 감고 탯줄의 본성 태양은
헐떡거리는 숨결 앞에
지저귀는 나약함을 보이는구나
아뜩한 하늘 잠자는 이성아
깨어나지 못하는 동쪽의 식물이여

눈알은 깔리고 나무는 시들고 생명은 땅을 배반
하고
잠자던 창문의 휴식은 시들은 활기만을 찾아온다
어린 사람은 팔다리를 잃고 노인은 생기를 감추고

젊은 도시 시골의 처녀들은 아이를 낳지 않고

대저택의 고요와 호사를 부리며 위대한 왕들을
찬탄하기 바쁘다

넘치는 환생이여 지나간 영광이여 다시 오너라

굶주린 약쟁이 뒷골목에 어둑한 밤 때의 요녀와
다름없이

신발은 거꾸로 보답 없는 사랑 약속한 쓸개 던
져진 여인으로

한때 용맹하고 지혜로운 우리들의 조상은 있었
는지

잠자던 영원한 허안을 끄집어내듯

준비도 없이 기능도 없이 육체를 닦고

구름

날개를 달고
검은 구름 사이 지성의 쾌락을
밭을 가는 오월의 게으른 농부는
이제 내 모습으로 물든 태양을 바라보며
넘치는 삶의 양식을 깨닫는
예술의 도취를 엮는다
상쾌한 물오른 3월의 제비처럼

아가야 마련된 구름으로
밭을 갈어 엎은 모양과 노력은
기다린 겨울의 인심을 두고 온 것이다
소방울 울리는 땅심으로
추억이 끄는 계절들 색채와 다듬어진 쟁기

저 꿈에도 자연은 오리라
너의 작은 달콤한 웅덩이 있다면
불빛의 등불 같고
외롭거나 쓸쓸한 사람을 만난다면
마침내 진홍의 자유를 느꺼이 대답하는
명랑해진 나의 천사

도시

회색벽 마그마로 색칠한 이 거리를 걸어
건물들 우뚝우뚝 성벽은 거대하고
가로수 길 저녁 오면
보도블록 가외의 별들 물들일 때
붉은 나뷔는 깨어 가무를 즐기며
이따금 터지는 어두운 불빛
우수에 잠겼던 축복은 되살아나
기대며 신부를 쫓아다닌다

영원과 안식
상점의 유혹은 끝없는 어둠을 비추고
소멸되는 소통의 벽은 늑대의 무리처럼 울부짖
으며
지붕이 빛나던 밤 쾌락의 도구를 찾아서
이를 아는 성당의 종소리는
믿지 않고 다만 울부짖었다

대중에게

대중은 죄를 낳고 그 수에 곱절이나 느리고
게으른 사회 아버지를 뽑아 놓은
밥상에 잔치를 놔두고
저 혼자 쾌감을 유린하며

심은 밭에는 개돼지 천대와 홀대를 받고
즐겁고 유쾌하게 투표와 욕심으로
환상을 자극하는데

그 나물이 지겹다고
둥글고 특이하며 날카로운
사람 백정 마침내 군왕을 세워서
저 력사 박 씨 유신부터
전 씨 군인 노 씨 군병 찬탈자 영삼 언니
기회주의 대중으로 법률 고문관 노무현을
장사꾼 이명박 여왕폐하 감옥을 보내고
공주 딸 박 씨 법률 박사 가신 문 씨

이것들도 인심이고

오히려 고려시대 무신정권 망나니 윤 씨를 기름
부어서
국민의힘당이니 더불어 민주당 하는
누가 우리에게 형제애를 강압하고 저질로 되묻
는지
나는 태초에 뿌리 없는 터 잡이 배
이웃나라 좋은 왜놈 종자들과
친근한 우리나라 대중 아닌가

담배

날 흐린 날
이맛살이 두렵고 아늑한 시간에
늘어진 니마를 지나서 오직 죽음으로
가는 길 쉬게 하는
귀뚜라미 개똥지빠귀 터알새도
나의 이름 적지 않고 죽는 이유를

찰나의 근본 이 삶에게 물어보라
북소리 징 꽹매기 상여곡 가락 맞추어
햇볕이 모래를 찔리고
그만 짜증을 부리는 억병의 불한당처럼

오 담배의 신이여
유일한 미약의 주인이시여
하루 다른 각양의 모델로 침략하는 연기의 도취
아 나는 숨을 밀어내고 있다
태만이 교각을 만들면

죽은 시도를 하던 내 생명

떨어뜨린 재와 남은 연기
한탄과 증오
돌아보라 독자여
입으로 뿜은 소회와 끝말을

눈물

갈 때도 없이 비탈도 없이
비가 내리듯 바닥에 떨어지고
지붕에 나뭇잎에 더러 흐느끼는
봄철 기분 좋게 새싹 내리는
아련하게 넘치는 이 눈물 같지 않은 눈물은
얼굴 타고 볼을 지나는 여행의 방황처럼

아린 추억에서
별 하염없이 하늘 바라보듯
마음 닦은 눈물의 의식은 길고 토라진 여인의
가슴으로
푸르게 물보라 오는 사랑의 의지를 인내와 열망
으로
깊이 간직한 진주 보내던
고독과 외로움 슬픔을 언약한 빛깔 향기 그런
다음에
폭발하고 떨리며 춥고 배고픈
그래서 너와 나 신의 제단을 세우고 가리라

온갖 박해와 핍박 속에
떠나가는 배 마중하던 외로운 돛대 항구를 마주
치며
발견한 미지의 대륙을 뛰며 걷고
그 속에서 정신을 찾으며

멀리 보다 멀리
눈물이 있다면
흘리는 눈물은 아름답다오
그대 눈물로 그대 입술 가슴으로
견딜 수 있다면 참을 줄 안다면
나는 네가 좋다
눈물로 크는 만물이리라

근심

아침에 자고 일어나니
동쪽 해는 붉고 생각은 지치고
시들은 들판엔
그늘이 얼굴 타고 오르는 담쟁이덩굴이 퍼질 듯
오그린 팔뚝으로 자라나고
모르는 감정 복받쳐 오는 이 아련하며 무한한
절망들은
도무지 이해하기로 약속하고 어기는
편안 못한 것들로
나는 나라 땅에서 살아야 된다는
이웃 동네에서 반 지하 방에 셋 모녀가
자살했다는 뉴스가 오보라고 믿고는 싶은데

목이 타들어 간다
목마름은 누추한 구석 모서리에 자라난다
활활 불이 꺼질 줄 모르면서
자살과 방종 불평등의 노예는 여긴다
이슬은 폭풍으로 알리고
기대와 불씨는 꺼져간 나라 땅을 덮으며

옷을 잘 입은 여자는 대접받고
오열과 항쟁 투쟁의 음식은 부패를 너그럽게 인
정한다
아이들은 거짓말을 지킬 줄 알고
아침의 태양 떠나간 자리에는
꼭 한 가지 채우는 비밀
거룩한 근심 불행이 메우고

개새끼

불러놓고 히죽거리면 웃는다
매력적인 욕구 개새끼
당신 집안에서 다른 집 타인의 우물에 외마디
비명 같은
신선한 주정뱅이의 하루는 업데고 쓰러지며
불만 가득히 토해내는 단말마 고통이며 희열을
밟으러
우리가 뽑은 대통령은 개새끼 똥구녕 보다 못 혀
나랏 사람들은 모다 개새끼 밑구멍에서
밥을 먹었다
씹도 못할 개새끼 염병 어찌라고―, 씨팔 세상

왜 자꾸 지랄들 이래
나라는 병신인데 검사 판사 법관들은
배운 이치로 도적질 해쳐 먹는 건 알지만
그래도 작작 부려먹고 허튼 말은 낱알 갱이 까
불 듯하고
검사 대통령 뽑은 개새끼
뭘 바래나 이 세상에

우리 이장님 동장님 구청장 입 맞추며 살까

이 나라는 개새끼 매음굴
창녀의 유혹대로
이놈 저놈 한자리
벼슬도 취한
법관들이 해쳐 멕이는 나라
그 누가 목민관이랴
저 높은 삼국시대부터
개새끼 대통령 만든 사회
다 개새끼 군왕이요 대통령
법관은 개새끼

갈대밭

갈브던을 노래한 시인은 있고
여기 작은 물길에 무심천 기슭
물새는 나약해
기쁜 것도 슬픈 것도 없이
북쪽에서 남쪽으로
오리는 한해 겨울 돌마자를 먹잇감으로 받고
눈길에 청주 시민에겐
꽁지를 따고 다니는 즐거움을 주는데

이럴까 저렇게 할까
풍성하고 거룩한 자리에도
갈대밭은 빈약하고 물결은 지나친다
망설이고 생각이 빈약한 것은
꼭 충청도 근성을 닮은 듯
갈대야 나오너라
느린 천박함 초록 고기 헤엄은 하고

우아한 몸짓
절름발이 머리숱 갈대의 가을 길에 만난

갈대밭 차가운 감성으로
무심천 기슭에 물 빨어 먹고사는
네 모습은 시인의 영혼을 부끄럽게 한다
물풀 밟으러 발목에 오르는 푸르름 들으러

변명

함부로 얼버무린 그대는 씹지도 않고
조소를 퍼트리며 힐난을 한다
대충 감안해서
맛깔스런 음식을 돋우고
밥상머리에 손목을 놓듯이

고약한 사랑의 고백이라도 중얼거린다
어쭙잖은 찬사와 명쾌한 리듬 걸리듯이
그만의 세력 존경 혜안 거리를
입안 가득한 춤 화살 뱀독으로

나를 따르라고 말했지
달콤한 입술의 혓바닥으로
마음대로 지울 수 없어
듣고만 있는 것은 아프지만

생각 · 1

- 시집을 탈고하며

약 한 달 동안 시집을 썼다
무더위와 여름과 문학의 열정이 지나간 시간들
끝자락에서
창작은 고통이 마련한 언어와 슬픔이다
이제 나의 다음 열광은 미리 정해 놓은
'아리랑' 이라는 민요 제목을 가지고
제4권 신간서 열의에 차 있다
아마 조선이라는 민속과 황토색 짙은 작품들이
거의 모든 공간들을 향유하고 점령해 갈 것이다
시는 무엇인가
독자들이 대답해야 될 사안이다

생각

2022년 10월 15일 초판 인쇄
2022년 10월 20일 1쇄 발행

지은이   장윤식
만든이   박찬순
만든곳   예술의숲
         등록 2002. 4. 25.(제25100-2007-37호)
         주   소 · 충북 청주시 상당구 교서로 2
         전   화 · 070-8838-2475
         휴 대 폰 · 010-5467-4774
         이 메 일 · cjpoem@hanmail.net

         ⓒ 장윤식 2022. Printed in Cheongju, Korea
         ISBN 978-89-6807-199-7 03810